忘れ潮

春潮

沖に朽ちた軍艦が見える
黄泉比良坂《よもつひらさか》を下りれば
入江の底に埋められた
蓬《よもぎ》が匂うすり傷のような細道
そこに解きがたい一行のように
煤けた電灯をかざす円柱

その前に頬杖ついてみたくなる

見上げればただ澄んだ二月空
そこへ水飲みにゆく灰色の海鳥
亜種十六号海側
こんなところに木の椅子ひとつ
撫で肩の石に向かって
言えば間違える来歴
それゆえ黙って語りかければ
薄闇の方から群れなして肯く
無帽の人の温顔

昼の月が透けている

島ばかりの南の海が匂いくる
東の果ての記念碑のあたり
狂った犬の暗黒の胎から生まれた
羽虫のように透明な天使たち
その歌声に追われてくる
どこか火薬くさい六叉路の
秘密基地というところ

その薄暗い瓶詰の中
一人残されていて
佃煮のごとき灯影ある
窓辺にそっと黴るパン
その中の煙突だらけの溝《どぶ》だらけの

路地が小桟橋に尽きている
赤錆のベルト地帯へ
はじめての春潮のように
うつくしい横顔の
犬殺しの青年が帰ってくる

跡形もない人

サングラスして
覗くサングラスの中
五線譜外れた音符
夕潮に呼ばれた水母《くらげ》
湿気の国で歌うたった青黴《あおかび》
一章と二章のあいだの
捨畑に生まれたバッタ
艪《ろ》の音にも麦焦がしにも

飽きた少年

いまくぐる茄子漬色の夕
三叉路にあるKOBAN裏へ
ゆるゆる坂を上がってきて
別の坂道たどりつつ
ふと縋《すが》る手すりの冷たさ
見上げる煮凝《にこご》りの空に
ぽつんと光る遠い星
あのころの電柱のような
小父さんのような
角に立つ木の膚《はだ》に触れてみる
そのほのかな温かさ

どこかへ消えていったのは
棘線《バラ》の夜を駆け巡った犬たち
その犬たちと
船できて海べりに住んだ人たち
自転車できて紙芝居をした人
蟋蟀《こおろぎ》を黙らせ黙らせ帰ってきた人
古びた四拍子のように
別の小径を去っていった人
大人の声で呼ぶ少女
すこし離れて座る人
どこへも消えていかない
跡形もない人

海岸駅

小さな雨粒くぐってきた
大きな雨粒のように
うっすら汗をかいている
青白い星の
すこし開いた二階窓から
猫より薄い目となって

眺める沖の白波数しれず

普通の人が代を重ねる
どこにでもある日の出町の運河へ
夏潮とともに漂い出た
中身のない手袋が指さす方へ
肩傾けて歩みゆく
晴れぐもる六月空のような
分厚い少年の腫れ目

どこへ去っていくのだったか
どこから戻ってきたのだったか
向こう側でもこちら側でもあり

どちらの側でもない
赤い橋の途中で考える
どちらの側を向いても後ろから
聞こえてくる鐘の音

あれはなんの立て札だったか
赤かったり青かったりする
迷彩色の半島のような
水兵の腕のタトゥーのような
「新しい天と新しい地
最初の天と最初の地は去っていき
もはや海もなくなった」と
横に小さなベンチも置かれていたが

「座ることはできないよ」と
よそ行きの紅引いて
濃く甘い磯の匂いする
どこにでもある日の出町の
海岸駅にバス待っている
いつまでも石のように変わらない
姉さんのところへ帰りたい

標の杖

帰らなかった人の椅子は
みな大きい
小さな天窓から見える
行き合いの雲の下
「よき音よき香」というけれど
この入り組んだ土地洗うため

荒縄を提げてゆく父という人の
はるかなる割れ声
潮臭い斜め帽

護岸ばかりの町へ
艀《はしけ》でやって来た母という人なら
船板のような食卓で
固まった砂糖を崩している
暗がりに消えた木の実のように
この世でいちばん湾曲した人
その「標《しるべ》の杖」の先は
いちめんの荒海

きみがそこを思い出しているのか
そこがきみを思い出しているのか
水漬《みづ》く三輪車
泥はねた「休業」の貼紙ある
浸水の土地
徒食に耐え孤食を嗤い
足を濡らしながら
誰も触れない冬の星になるため
虫の言葉を聴いていた人
川原の石に止まり
蜻蛉《とんぼ》のように透けていった人

見覚えのある斜面を行けば

パイプオルガンが響く
崖上の教会の暗がり
ブルーシートの陰で
出所不明の青板碑踏み
黄泉路へ行くため眉を描き
尖る影曳き
傘電灯の電柱の下を
姉という人が来る

圏外表示

この世の岔路の急勾配
すがれ虫を踏みつつ越してきた
稲妻のあとの流れ星のような
前のめりの男よ
すこしはここにとどまって
その傘を開きなさい

名残の雲みたいな男傘を

そこに灯っているのは
煙茸《けむりだけ》のような女の家
ラジオから聞こえる埋立地の雨音
傘電灯の下には
明日を待っている診察券と
熟れている無花果《いちじく》
小箱に入れた昨日の金釦《ボタン》
ほんとうのことを言えば
越してきたその人をまだ見ない

港湾倉庫のはめ殺し窓

煤けガラスの向こうを行く家族
橋の手前で振り返り
目で瞋《いか》る帽子の人
いっしょに振り返った少年
その遥か遠くを見るまなざし
どこから越してきて
どこへ越してゆくのだろう

灯も人影もない透けるような板の家
捨てられた庭畑の
歩哨のような鶏頭花
解《ほど》かれた案山子《かかし》はただの棒きれだが
その骨密度足りない脛のあたりが

ほんのりとあたたかい
スマートホンの圏外表示
どこからかもみ殻を焼く匂い

見上げる空には
思いがけない斜面がある
そこに色づく果実に腕を伸ばせば
「半分はぽっぽと雨
もう半分はざっと霜」
振り返ったその顔に見覚えのある
明日越してきた人の
剝製のような秋冷の眼に
何かがしみて涙も出た

岬

吊された大根のような灯台と
砲なき砲台
そこへ犬泳ぎするように
ぶあつい春の闇をよぎってきた
長衣の人とその一族
樹の上に安らっているんだか

祈りを捧げているんだか

それにしてもその人たちの
つよい潮の匂いする
背中というはるかなもの
浦の窓々の向こうの
どんな釘より曲がった海べり
それを桟橋ごと埋め立てた内湾
その岩陰で手を振った
父祖のようなクモヒトデ
火薬くさい夕潮に
バック転を繰り返したイソギンポ
波洗う磯蟹の甲の迷宮

いくども燃えていくども塗り替えた
沖という壁に現れる
入り組んだ赤い雲

樹上の目覚めにはいつも
猫が皿を舐めるような音がする
残された草むらが優しい声で呼ぶ
ふと地上に降りることを思うが
そこはまだ足曲がりの
頽こけた神々の土地だから
小さき者を胸に抱き
しばらくの瞑目ののち
汚れっぽい疲れっぽい空仰ぎ

声を合わせて小さく歌う
お別れの朝である

無人駅

なにを願っていたんだか
よく鳴くときはよく透けた
残された虫いる無人駅
椅子の上の逆さの小椅子から
背後の夜へ跳ぼうとしたけれど
どこに紛れていたんだか

閉じられるページの闇に挿された
金色の栞のような朝がくる

駅と海のあいだには
どこかで嗅いだことある町の匂い
空のなにを洗っているんだか
ゴム手袋の両手出す
口をすぼめた石地蔵のような人がいる
トンネルを抜けるように
古いセーターを潜ってきた顔で
輪になり歌う人たちもいる
そこへ招ばれるように
土用波の雲間から顔を出す

坊主頭の子供たち
その眼がさがす殉難記念の碑なら
あの山陰に朽ちている

空の奥には別の空
めぐりゆく古色の煙の後を追い
曲がりくねった峠を越えれば
祈る形の家に着いた
その船底のような二階の暗がりに
流れ着いた一族の少女はいたが
灯る口にマスクをつけ
少女は橋の袂へ遠ざかる
そこで薄い栞のような肩を傾げて

雲と空透ける翅生やし
元来た駅のほうへ飛んでゆく

異教の人

胸を突く坂半ば
しんとする崖の匂いとともに
休むときには空気抜く
白衣の信徒という人の痩せた背中
垂れている凋れた掌《て》の内には
うすうす灯る明り

その後ろに静かに佇《た》っていたくなる

別の小径の置き石に腰掛けて
荒野のような膝さすり
添加物だらけの風が
身体の中吹く音を聴いている
色あせた衣をまとい
杖曳く絵文字のような人にも
そっと寄り添ってみたくなる

横道の暗がりで着替えてきた人が
聖堂の壇上に向かって瞑目する
なにをいつも祈るのか

そこが本当の暗がりだと気づくと
忘れ物に呼ばれたように
急いで踵を返してくるのを
待っているのはもう飽きた

いま生姜摺る窓辺ちかく
濁ったまま澄んでいる
この世の星見る旅鳥のように
風邪声で一つ二つ鳴く虫のように
中栓の穴を振り出された顆粒のように
数えきれない尋ね人の一人として
雑木の間の坂下りてくる

馴らされたり逃げ出したりする
胡麻毛《ごまげ》の犬のような
名前があったりなかったり
覚えにくい
素顔のような仮の顔をした
異教の人ならそこにいる

無用の鍵

扉の向こうがまた扉なら
また鍵穴を探せばいい
だが開いた扉の向こう側が
鏡に映したように
寂しい鉄骨と停車場と空の雲の
こちらの町と同じだったらどうしよう

首を傾げる一行のような
扉に深淵があるとは言えない
思わず肯く一節なら
ただの砂糖菓子かもしれない
開かない扉は開かない扉
鍵などかざしてはいけないと
扉は言っているのかもしれない

扉を無理に開けてはいけない
意味の煙でくもらせてはいけない
夕まぐれの鳴かぬ鴉の夢に出る
叫びつつ坂駆け下りてゆく人になるな

きみ自身ただ草むらに捨てられた
無用の鍵かもしれないが
それでいいじゃないか
頭痛を忘れるほど
深々と眠り眩しい夢に眼を瞠れ

もし頭痛の名残のように
一筋の縒れ糸が眼の端に垂れてきても
それを信じてはいけない
その縒れ糸の向こうの海べりの
冬波に洗われる石くれ一つこそ信じよ
その糸に繋がったときは切れている
切れているときにこそ

あの空にも海にも繫がっている

空には相変わらず翼ある雲の馬
遠い国の歌のような海の音が聞こえる
鉄骨の影落ちる小さな停車場に
バスも旅人ももう見えなかった
拾った鍵は草むらに返し
この町は蔦と海へ返すときだ
冬帽子を目深に被りなおし
少年も歩み去る

暗室

銀河系に流れる朝の蜩《ひぐらし》聴いたあと
いちめんの草萌《くさもえ》から
「にれかめる」
牛飼が見る雲の峰を
夢見ていたような気がする
そんな蛹の暗がりから脱皮して

正午の影へ
胸まで濡れて現れ
鵜のように喉鳴らす人は
その内湾へ舟で来た教誨師
かつての埋立の捕虫網の少年
箱庭の四阿《あずまや》にいる近くて遠い人なら
草より青い蟷螂《とうろう》のような母である

真っ白な日の丸弁当食べたあと
怒る鶏頭に背中見られながら
ひょんの笛吹く人
その横に杭のように立っている
うすむらさきの化粧水のような人

畳に置いたままの手紙のような人
その手紙を束ねる人もいる

アトリエにある二百号
十二の小鉤は十二人の使徒かもしれず
真ん中にいるもう一人の人が
電灯の陰の親しい切手簞笥を開くと
草や雨や来し方が匂う
今日ひと日は秋の雨を聴く日
後ろ姿の大きな人の留守電を聞き
はるかなものを覗きに行った
「暗室の男のために秋刀魚焼く」*

*黒田杏子句集『木の椅子』より

歌う人たち

1

ハマダイコンの花揺らしくる
薄むらさきの風の歌のように
入り組んだ海岸沿いにきて
樽の中に住んだ一番黴の歌のように
その小さな浦の大西日から聞こえる
静かな大合唱のように

いつのまにか空地に住んだ人の中の
キリスト像のように痩せた人
どこにもポケットのない人
点線のような人
触角のようなもの生やし
片脚のバッタみたいにゆっくり歩く
やさしい眼差しの人
それらが前列にいる歌い手なら

後列には
ノートはみ出す化学式
沖へ流れ出る片サンダル

窓へ漂いゆくペン皿
三番出入口に消える日傘
女坂ゆく汗の宣教師
だんだん薄くなる色水
ただ空白となっている台詞

すべて演出家の言う通り
泣けと言われれば泣いてみせ
笑えと言えば笑い
歌えと言えば大いに歌ったが
言うべきことに口噤み
伏せるべきこと先に話して
追放された一人が

衣装を替えて生き返る
はるかな東の国にいる

2

磯の船虫のように
横目づかいに幕の前へきて
知らん顔して嘘をつく
来た道の縛られ地蔵のまえは
片手拝みをして通る
出されたものはなんでも食べ
なんにでも生卵かけたがる
もとはといえば歌う人

あたらしい長い出番をもらったが
迷い出た道はやっぱり来た道
口の上まで潮上げている運河
橋を渡って帰ってくる
小旗のごとき浦で
さかんな拍手の音を聴きながら
家族みな泳ぐ形に寝ている

仰いでも覗きこんでも
無花果ジャムのように暗い
博物館を出て光る噴水の方へくる
ある種の猿人のように
短髪にして痩せぎすで

日傘から顔出し眼で嗤う
観客という「哺乳類展」見て帰る

そんな物語の虹が消えてしまえば
またただの待合室のベンチである
そこに腰かけ目を瞑ると
生き延びた者のコーラスのように
廊下を駆けてゆく跣足《はだし》の音
槌音やお祈りやブレーキやサイレン
遠ざかる汽笛の音が聞こえ
影絵の中から出てきたような
近くて遠い歌う人たちがいる

*

波の記念碑

「母よ、あの白いものはなに？」
「あれは波、波というものです」
という始まりのときから
棒立ちの日々尽きて
金網の蔓草のように伸びた手で
煙のごときものを抱く夕

きみの顔灯り
触角生やして虫の闇をゆく
道一つ残して野となった町

いつか炎の生んだ箱の闇で
赤い舌青い舌出した
神婢《しんぴ》ターニャのような異語つかい
秘すべきものは秘したまま
なにを伝えにゆくんだか
いろんな袋提げてゆき
ラムネ壜のように度しがたい
跣足《はだし》の甲の傷に覚えある
素足が降りてくる空の下へ

人の世のほかに世はあるか
みずからの影の上ゆき
突き当たる三角バーを
女跳びしてきたきみよ
まだ肩片方があるけれども
その影のふたしかさ
サイレンも議論もなくて
その人影がものを言うのなら
きみよ着過ぎたものを脱げ

世紀の鉄の慙愧へ
スープのごとき没日《いりひ》ある

異国の空のやさしくて
巨大な雲を背に負って
なにか摑んで立つような
外股と内股の跡ある砂原が
頭上にただよう
三角屋根の人に繫がれる
明日は別の犬として吠えるのか

人いて人の声もない
油絵の空の傷乾き
虫を焼く人の心の虫を焼き
地上のベンチが臭うとき
人の世のプログラム落とす暗がりに

煙のごとき胸の果実を切り下ろす
終わりのような始まりのとき
「母よ、あれはなに？」
「あれは波、波の記念碑です」

通りがかりの人

古アルバムの中のような
鼠色の雲と屋根
旅をしている人のように
石段で首を傾げる蟻と目を合わせ
入り組んだ路地へ踏み出した
くすんだ帆のような靴

その靴紐がゆるむように春行く日
透ける者も影曳く者も列んで通る
棘線《バラ》にコヒルガオ這う壕の前
水滴る暗がりから
出されては引っ込む足には
もう お別れの知らん顔

坂下の広場から振り返る
菠薐草《ほうれんそう》のように青い空を
浮かず沈まず流れゆく
棒きれも人形《ひとがた》もみなまとっている
藻のような細紐のようなもの

次はどんな陸が待っているのだろう
焦げ臭い風も長い旗も
忘れるために覚えたものばかり

表札の上に提灯を吊し
頭の上に花笠をのせて練り歩いた
海べりの男たちもどこへ行ったろう
息吹きこんだのが誰であれ
紙風船はすぐしぼむ
いい匂いするお姉さんも
猿の弟もいなくなった

スイッチをみなオフにしても

まだ灯る小部屋があるならば
その薄明りに花を置き
一分の黙禱が済めば
通りがかりの人として
隣の町へ溝《どぶ》越えていけばいい

配達夫

帆は折れるもの
鉄の鎖は錆びるもの
窓は破れ空は曲がるもの
草莽《そうもう》を分けてかたむく
一艘の朽ち船
火も電気もないのによく灯る

盆提灯の一列

夏の星の片隅
残された一本松の向こう
小屋掛けの暗がりで
旅終えた人はひそひそ話す
ひそひそ聴くのはただブリキの耳
それからしばらく押し黙る
それから話したこと
聴いたことすべて忘れる

そこへ来る一人の配達夫
そのがらんどうの背に

そのかぎ裂きの入口にそっと訊く
ここはいったいどこですか？
今はいったいいつですか？
あなたはいったい誰ですか？

なにを届けに来たんだか
空缶の中の回廊
その障子の向こうで海が光ると
影絵としての帆船の母
鳥打帽子の若い父
風船遊びの子供たち
沖に向かって
伸びする猫が生まれるが

そこに荷物を待つ人も
旅終えた人ももういない

戻ってくる人

たまたま曲がった道の先
芯まで黄ばんだ物語の中の
大いなる夏
用なき人の鼻歌が聞こえる
湿り気の国の一層湿る裏畑に顔出して
乾いた星を仰ぐ

眼も脚も　むろん
翼なんかは不要の蚯蚓《みみず》

不慣れな料理人の
裏返せば崩れる魚のように
はじまった季節
はるかより運ばれた残土の
空地の小屋の三尺寝から起き出して
捨てられた空缶へ水を足す
人の世のカラスムギ
枯れ穂の先から
「去年と同じ蟻の顔」が見ている

乗ったバスは雲の岬を引き返す
耳を塞げば聞こえる雷鳴
棘線《バラ》をくぐり出た雀が
棘線くぐって帰ってくる
草いきれから振り返る見知らぬ犬の遠目
朽木模様の衣を脱ぎ捨てて
灼ける波板屋根を越えてくる
見えない蝶で混み合っている埋立地

そんな物語の草むらから
カタカナのような歌声が響くと
思い出したように
最終章から戻ってくる

急ぎ足の人
その人のために席空ける

ベールの人

世のはじまりの
地の果てというところ
綿虫という異教徒
母は若くて貧乏で
微光差す石積みの厨房の
小窓に映るパンと水

冬青空の塔の陰で
歯を磨く

遠く海の音ひびく
陋屋《ろうおく》の瓶底窓に
靴下吊す白髪の使徒の指
湯気立てて迎える
枯木のようなベールの人
星ちりばめる
曲がり廊下の奥より届く
声の諸人《もろびと》

枯れれば軽くなる

火を放てば灰となる
その残り火の沖
御使いたちの航はるか
深々と礼をして
古い写真にマッチ擦り
灯せば還る人が
マスクをとって話す異語

人々が向きかえて捧げもつ
冬薔薇のまもる出入口の
真夜中の旅宿で
厳かに肥りゆく磔刑像
夜の霜道へ残してきた

世の終わりまでともにいる
楽士たちの蒼き足跡

通りかかる角という角曲がり
たどり着くのは
「女散り男固まる水の駅」
あさきゆめみし莫蓙筵の
切ったばかりの髪の先
いちめんの枯れ世界から
顔上げたのは母その人である

後ろ帽

誰に軛を解かれたのか
翼ある馬のような雲かかる
その向こうのはるかな星から
こちらを呼んでいるような声がする
土管のような小径をくぐり抜けると
見たこともないのになつかしい

冬の町がある

そこを見張っていたかのように
赤錆びた空を墜ちてきて
目の前を顔ひらめかせよぎる鳶
艫《とも》の小旗のように
鉄骨をくぐって行ったけれども
その向こうはたぶん荒れた海
ここはそこへ返された崖上の町
と思ったが……

そこにあったのは知らない時代の
知らない旅人が見ている

どこか遠くへ向かう
バスが来ている静かな停車場
その鉄柵に沿って群れる冬の青草
その混雑に紛れて落ちている
旅人だけが見つける
偏頭痛のように曲がった
鍵一つ

翅あるもののように
崖に生まれて崖下の路地に紛れた
この世はここにある
そこへ向かう崖道の
影絵の中のような日当たり

そこに転がる空缶に目配せしているのは
一雫きみの血欲しい蒼ざめた花

そこへ鍵一つポケットに
生まれ変わったように目を覚ます
油断ならない後ろ帽の少年
喪われた三角屋根また
路地のことはなにもかも知ってはいるが
今は暗がりの騒がしい沈黙の方へ
口と眼に蠟燭灯して手を伸ばす

冬の家族

よく透き通った藪の中に
ルビ：《コロン》＊《アスタリスク》に混じって
凍った蝶のように浮いていたのは
曲がったねじ錠
よく見れば新しいすり傷
どんな窓から落ちてきたのだろう

無遠慮な手首のような枯枝の先
薄々と血の通っている空の
どこからか聞こえる市の糶《せり》の声
洗いあがりの顔した鷗の
赤い眼が裏返ると
切りたての白髪のような
うす紙のような昼の月がある
もう伝える誰かがいるでもなく

スイッチを切り替えると
ふと見失う曲がり角
蒸発してゆくマフラー

猫のように蹲り耳立てている手袋
空のくもり窓が開くと
入江の鉄の小橋を引き返してくる
三角漕ぎの自転車が見え
あの時代の皺も今日の捩《ねじ》れも
湯のししている人の背中も煙っている
海辺の町の淡彩画

インクが滲むような夕まぐれ
芯のあたりを灯して
舞い上がるねじ錠また
息を吹き返した蝶のようなもの
みんな不思議な笑みこぼす

冬の家族はそこにいる

信徒

「幸福《さいはひ》なる哉《かな》、貧しき者よ」
温かそうで蒼ざめた星
まだ暗い冷たい潮が上げてくる
老いた運河のほとり
艀《はしけ》の酔いどれ船頭のように
骨折ののち添木して

船端へ肘つきそうな木が列ぶ
「幸福《さいはひ》なる哉、いま飢うる者よ」
昔から流れに沿って暮らしてきたが
一人去り二人去る町
その行く先で大口開けている暗渠
残されて飢えた人たちが仰ぐ
坂上の十字架の下にいる御使いの
着古した衣のカーキ色
そのニュームみたいに乾いた眼差し
「禍害《わざはひ》なるかな、富む者よ」
多くを匿す者は黙っている

その背を潮臭い物陰から指さされ
黙っていることが騒がしいと
人差し指を舐めて空を撫でれば
呪い返しのように降りてくるのは
この空の真の住民
もっとくすんだカーキ色の鳶

「人に與《あた》へよ、然《さ》らば汝らも與へられん」
鳶のいなくなった蒼い空
そこはもっと大きな
内湾のほとりかもしれない
そこへ「與へる」なにがあるでもなく
「與へられる」なにを求めるでもなく

ただ生きのびて
埋立の凹《くぼ》みから立ち上ってゆく
痩せ細った煙

「人を赦せ、然《さ》らば汝らも赦されん」
その汝らの名残のページェント
俄天使の前向き横向き後ろ向き
髪の先爪の先から散らした
乾いた血の花びらとして
はるかな空へ旅立った人がいる
寝過ごして見知らぬ駅へ着く人もいる
赦されてどこへも行かず
累代の石の下にいる人もいる

天にも地にも
毛一筋ほどの痕跡もなかったが
津波のあとの海べりの残土
その草いきれの中からもう一度
バッタのように生まれた人もいる
それが今日も濁った水べりで
掌《て》を合わせて跪《ひざまず》く
町の信徒というものだ

しぐれ虹

泣く力
泣かない力を試すため
少年の前歯のような門くぐり
泥の路地をきて
海鳴りの町の人となり
見馴れた角の見馴れぬ男として
海より届く手紙を待っていたが

いくたび船を乗り換えて
いくたび角を曲がり
裸という辛抱の木をよぎり
燃える馬をやりすごして
遥かから来た言葉のように
女神の笑みある異国の銀貨のように
百年先へ届く思いを待っていたが
通っていったのはただ時雨

この星の一隅の
あたらしい土は濡れやすい
棘線《バラ》は錆びやすい

ひとり芝居は飽きやすい
街の鷗は汚れやすい
一つの旗は燃えやすい

もう匂わぬ崖
その下の異人街
忘れられた片手袋として
喪われた船渠の鉄骨を仰ぐ
かざされる杖の先に
透けつつ架かるしぐれ虹
電線の五線譜を遠く外れゆく音
泣くでもなく泣かぬでもなく
泥靴拭いて歩み去る

小桟橋

封筒を開けると冬
汚れっぽい地下の空へ
うっすら張った氷を割りながら
階段を降りゆく人へ
混雑するエオルス音の
風唸る

どこから泳いできたのだろう
ずぶ濡れの兵服のまま
食堂の裸電球の下にいた
青い目のヘイタイの異語が言う
「コレハ本当ノ目デハナイ
コレカラ葱ヲ食ベテ千ノ目ヲ醒マシ
大キナ長イ羽ヲ生ヤス」

ある日海べりの遊園地から
海へ逃げた木馬が
虜囚と漂海と漂着の日々越えて
ほんとうは真っ黒な白い海鳥連れ

鹿尾菜《ひじき》の国から帰るとき
剝き出しの歯の
顔半分は襤褸《らんる》のような軍港の雪景色
もう半分は白い綿花の南の島々

背を向けたとたんに青む草
振り向きざまに闇に紛れる
銀貨のように光る蛇
いつまでも失くした靴を磨く男の
地底の虹を映す遠眼鏡
板の橋向こうの保護猫よ
旅を思って身を縮めるな

むかし撫でたことがある
父の背骨のような階段をもっと降り
いつの間にか寄り添っている
異国の少女のような老母と眺める
鍋底の星座の下
すり傷だらけの旅鞄のような
人待ち顔の小桟橋

猫よ

今日もただ矢印に沿ってくる
標識の中のような人
階段上の日当たりでも
階段下の薄暗がりでも
赤い線の外側の
黄色い線の内側に列んだ

マスクの中のマスクを
猫よ笑うな

その薄暗がりの中で
近づけば半身になって後退りする
遠ざかれば寄ってくるけれど
よく思い出せない紺色の
潮風のような少年たち
帆のようなマスクを振りながら
なつかしそうに笑っているが
猫よ　それが誰だったのか
知らん顔して眠ってはいけない

明るい朝の窓べりに生まれ
古ぼけた町の角ばかりの路地に消え
身をひそめたつもりの
廃屋の中の混雑
マスクを取って騒いでいるのは沈黙だ
鏡の中には遠い遊歩道
だんだん気持が弛んでくるが
おい猫よ
ここはいったいどこだろう

咳だけが残されている奥の部屋
荒れた裏庭の空缶を睥睨している
影絵の窓

この暗がりにも日陰と日当たり
その日当たりの小机には
窓をなくしたねじ錠が一つ
日陰には雨に打たれてよく眠る
きみの欠皿の空色

ここがもう埋められた港なら
一つ溜息をついて
ポマードの匂いを残してゆく
錆《さび》斑点《はんてん》の男を
約束をこめた眼で見てはいけない
男だってスイッチを切り替えて
ウイルスみたいに

蒸発したくなることもあるんだよ

秘密がもう秘密でないのは
秘密を忘れてしまっただけのことさ
いつでも沖ばかり見るきみの
一しずくの血が通ってくるなら
もう途方に暮れることもない
ボールのように丸まる背中も
投げ出された心のマスクも
アジアの地図のような
まだら模様の猫よ

漸く大きな火事が収まった

きみが生まれた日の
岸壁の夕明りのような声で
もう鳴くな

忘れ潮

1

黄ばんだ風が吹いている
空の沙漠　だが
それを映す磯の潮だまりの
澄みわたる蒼穹
ツノマタ揺らぐ底の岩影から
爪をかざして現れる蟹

それを摑み取った少年が
その片爪をもぎ取って弄ぶとき
怒りに生き返ったその片爪に
思いのたけ鋏まれた指
その眼も暗む痛みと落魄

窓明りだけの丘の会堂
夢の中でのように
いつの間にかそこにいる少年
はるかな沙漠の民のように
祈ってばかりいる人々がいた
あのもがれた蟹爪のような
骨ばった面長の人たち

その眼差しから逃れるように
どこまでも続く急階段を降りた
だれもいない駅を過ぎ
見覚えのある曲がり路地で
砂にまみれた靴を脱ぐと

目の前にあるのは
元の通りの透き通る潮だまり
項《うなじ》の方から夢覚ますような
冷ややかな夕潮が差してくると
小さな縞の魚が藻をよぎる
岩肌をすべる船虫の雲
寄せている浪の向こうを

沖へ沖へ遠ざかってゆく
母たちの水着が帆船のようである
空の沙漠からは
祈りのあとの歌う声

2

夏の終わり
空瓶といっしょに
内湾深くやってきて病む水母《くらげ》
翅のように透けた細肢で
粘る空を泳いだ
なにかを探すわけでもなく
輪をなさず列にもならず

斜面ばかりの町へきて
お百度石を撫でた

夕まぐれ
捨鐘のように
坂や屋根を越え
ゲートや崖をめぐり
沖の島をめぐり
もう音のない音として
帰ってくるところ
昨日も今日も
針金のように痩せた
朽ち船が島影をゆくところ

いくつも夏がめぐったあとの
雲うすい空の下
いまもまだそこにある
残された空瓶のような
黙禱のあとの空白のような
夢で見た天窓のような
異国の鬼の眼のような
薄青い灯が滲む
はるかな国の磯の忘れ潮
隠しつづけた刺胞は
隠しつづけたままである

あとがき

十年に一冊くらいと思っていた詩集も五冊目になりました。よくもまあという思いにとらわれるばかりですが、これが日々のひそかな息継ぎであり、小さな発条《ばね》であったとも思っています。いつもながら潮くさいものとなりました。

長引く感染症蔓延の影響もあって、この本の出版も延び延びになりました。二十三篇のうち半ば以上を入れ替えることにも。その間、尾澤孝さんには何かにつけご面倒をおかけしました。木佐塔一郎さんに装幀を手がけていただけたのは喜びです。出版を引き受けてくださった七月堂の知念明子さん、ありがとうございました。

二〇二一年六月

秋山洋一
1945年生

詩集
『オヤマボクチはだれのこころのあかがね』
（1989年、花神社）
『夜の小鳥たち』（1999年、花神社）
『沖見る猫』（2008年、夢人館）
『雲母橋あたり』（2014年、幻戯書房）

装幀
木佐塔一郎

忘《わす》れ潮《じお》

2021年9月16日発行

著者　秋山洋一《あきやまよういち》
発行者　知念明子
発行所　七月堂
〒156-0043　東京都世田谷区松原2－26－6
電話　03(3325)5717
FAX　03(3325)5731
http://www.shichigatsudo.co.jp/

印刷製本　モリモト印刷

乱丁本・落丁本はお取り替えいたします。

ISBN 978-4-87944-455-4　C0092